AVENTURES SUR MESURE

WILD IMMERSION

C'EST TOI LE HÉROS !

Photographies : Pierre Douay, Julia Pouteau, Alexandre Servain, Elaine Ford
et Anthony Denton (@thewildlifejunkie).

Texte : Pascal Ruter.
Création graphique : Clémentine Lemoine.

Hachette Livre, 58, rue Jean-Bleuzen, 92178 Vanves Cedex.

C'EST
TOI
LE
HÉROS
WILD
IMMERSION
hachette
JEUNESSE

COMMENT LIRE CE LIVRE ?

1

Tu t'observes dans le miroir. La tenue de footballeur que tu as reçue pour ton anniversaire te va à ravir. Quelle fière allure tu as ! Tu regardes ta montre. Plus qu'une demi-heure et tu retrouveras ton équipe de foot au stade. Tu glisses tes mains dans les gants de gardien de but qui viennent de ta tante Lilou. Ils sont si confortables et si épais que tes mains seront bien protégées.

Pendant que tu te prépares, ton père allume la télévision.

– C'est incroyable ! s'écrie-t-il.

Une tempête vient de ravager l'Afrique de l'Ouest, et plus spécialement le Gabon. Ta tante Lilou t'a déjà parlé de ce pays, où elle se rend souvent pour porter

LES CHAPITRES

Pour repérer les chapitres, cherche les numéros comme celui que tu trouveras en haut de cette page.

assistance aux animaux menacés. Justement, tu apprends qu'un centre animalier a été dévasté et que plusieurs animaux en ont profité pour se sauver et reprendre leur liberté.

– C'est le centre que Lilou a contribué à installer l'année dernière, déclare ta maman. Ça ne m'étonnerait pas qu'on fasse appel à elle.

Pas de doute, ça sent l'aventure ! Et tu as très envie de savoir ce qu'en pense ta tante. Mais peux-tu renoncer à ce match de football, qui te fait tellement envie ?

SI TU DÉCIDES DE TE RENDRE AU STADE, VA EN 6.

SI L'ENVIE D'INTERROGER TA TANTE EST PLUS FORTE, VA EN 2.

SI TU PRÉFÈRES TE DOCUMENTER SUR LE GABON ET LES ESPÈCES QUI Y VIVENT, VA EN 4.

LES CHOIX

À la fin de chaque chapitre, ce visuel t'indique où continuer ta lecture.
S'il indique « rends-toi en 3 », tu devras chercher le chapitre 3 pour poursuivre ton aventure.
Attention, parfois, deux choix te sont proposés…
À toi de faire le bon !

L'EXPLORATEUR, C'EST TOI, ROMAIN !

Dans ta famille, vous êtes tous passionnés par la nature et les animaux. Tes parents, Adam et Ophélie, sont photographes animaliers. Ils voyagent aux quatre coins du monde à la rencontre de nouvelles espèces.

Quant à Lilou, ta tante elle est vétérinaire dan un refuge qui recueille les animaux sauvages er détresse. Grâce à eux, t voyages beaucoup et tu as la chance de découvr plein d'animaux dans leu milieu naturel.

TA MISSION

Cette fois, l'heure est grave. Une tempête vient de détruire le refuge animalier de ta tante Lilou, au Gabon. Certains animaux en ont profité pour s'échapper, sans avoir été préparés au retour à la vie sauvage. Tu dois te rendre sur place pour retrouver une femelle guépard prête à mettre bas ! Mais sois prudent, car ton chemin sera semé d'embûches. Et tu pourrais tomber sur des espèces plus ou moins amicales. Alors à toi de faire les bons choix, pour sauver la femelle guépard en danger !

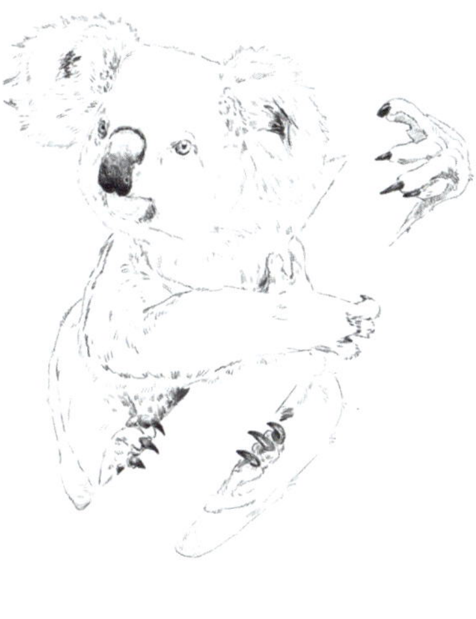

1

Tu t'observes dans le miroir. La tenue de footballeur que tu as reçue pour ton anniversaire te va à ravir. Quelle fière allure tu as ! Tu regardes ta montre. Plus qu'une demi-heure et tu retrouveras ton équipe de foot au stade. Tu glisses tes mains dans les gants de gardien de but qui viennent de ta tante Lilou. Ils sont si confortables et si épais que tes mains seront bien protégées.

Pendant que tu te prépares, ton père allume la télévision.

– C'est incroyable ! s'écrie-t-il.

Une tempête vient de ravager l'Afrique de l'Ouest, et plus spécialement le Gabon. Ta tante Lilou t'a déjà parlé de ce pays, où elle se rend souvent pour porter assistance aux animaux menacés. Justement, tu apprends qu'un centre animalier a été dévasté et que plusieurs animaux en ont profité pour se sauver et reprendre leur liberté.

– C'est le centre que Lilou a contribué à installer l'année dernière, déclare ta maman. Ça ne m'étonnerait pas qu'on fasse appel à elle.

Pas de doute, ça sent l'aventure ! Et tu as très envie de savoir ce qu'en pense ta tante. Mais peux-tu renoncer à ce match de football, qui te fait tellement envie ?

SI TU DÉCIDES DE TE RENDRE AU STADE, VA EN 6.

SI L'ENVIE D'INTERROGER TA TANTE EST PLUS FORTE, VA EN 2.

SI TU PRÉFÈRES TE DOCUMENTER SUR LE GABON ET LES ESPÈCES QUI Y VIVENT, VA EN 4.

2

Tu ranges ta superbe tenue et tu téléphones à ta tante. À sa voix, tu sens qu'il ne faut pas traîner.

Quelques minutes après, tu es chez elle. Lilou est déjà sur le pied de guerre.

– Le centre m'a appelée. Je dois partir pour le Gabon. Il y a urgence, car les animaux qui ont repris le chemin de la liberté sont des proies faciles. Ils ne sauront plus se débrouiller dans la nature et, très vite, ils mourront de faim.

Tu apprends aussi que cette tempête est une aubaine pour les chasseurs et les trafiquants qui rôdent dans la région.

– Eux aussi se sont mis à la poursuite des animaux. Ils vont essayer de les attraper pour gagner de l'argent en les revendant.

Lilou te connaît bien et elle a tout de suite remarqué dans tes yeux cette petite étincelle qui en dit plus que des mots.

– Tu m'accompagnes ? demande-t-elle.

Tu hurles de joie. Bien sûr, c'est une aventure dangereuse, mais tu es prêt à courir tous les risques.

– Ne traînons pas, on a juste le temps de rassembler nos affaires.

Tu prends ton super appareil photo, qui t'accompagne partout, tes jumelles à infrarouges pour voir la nuit, ta tenue d'explorateur multipoche, dans laquelle tu glisses ton fameux couteau suisse ainsi que ta boussole, qui te permettra de retrouver ton chemin.

– Prêt pour l'aventure ? te demande ta tante.

SI TU ES PRÊT, VA EN 7 POUR TE LANCER DANS L'AVENTURE !

3

Ta tante n'hésite pas : elle appuie sur l'accélérateur et fonce à travers la savane. Il fait déjà très chaud, le paysage est merveilleux.

– Chaque guépard est précieux, dit Lilou. La population a énormément diminué à cause de la chasse.

– Est-il vrai que le guépard est l'animal le plus rapide du monde ? Si c'est le cas, il devrait pouvoir se sauver.

– Oui, mais il s'essouffle très rapidement et il devient alors très vulnérable.

Soudain, Lilou pousse un cri et donne un grand coup de volant : le bon réflexe pour éviter un couple de zèbres qui vous a barré la route. Cependant, le véhicule devient hors de contrôle et s'écrase au fond d'un fossé. Plus de peur que de mal ! Mais il faudrait être Hulk pour remettre le 4 × 4 sur ses roues.

– Pas question de se décourager ! déclare Lilou. Continuons à pied.

Le secteur de la femelle guépard n'est pas si loin. Vous prenez vos sacs à dos.

Après deux heures de marche, vous avez la chance de surprendre un éléphant qui vient se désaltérer au bord de la rivière. Vous vous cachez derrière un tronc d'arbre pour l'observer. C'est magique.

– Il fait certainement partie du centre, murmure Lilou. Regarde, il est blessé.

En effet, du sang coule de sa patte. Que faut-il faire ? Le soigner ? Signaler sa présence au centre ?

SI TU DÉCIDES DE LUI PORTER LES PREMIERS SOINS, VA EN 8.

SI TU TE CONTENTES D'UTILISER LE TÉLÉPHONE PAR SATELLITE POUR AVERTIR LE CENTRE, RENDS-TOI EN 12.

4

C'est vrai, tu aimes l'aventure, mais tu aimes bien également acquérir des connaissances sur tes lieux de mission. Tu plies donc ta tenue de sport puis tu te rends à vélo à la bibliothèque. Tu la connais par cœur, et spécialement le rayon consacré à la nature et aux espèces animales en danger. La bibliothécaire te reconnaît aussitôt.

– Mon petit doigt me dit qu'un voyage se prépare, lance-t-elle amicalement.

Elle t'aide à trouver toutes sortes de documents sur le Gabon et les animaux qui le peuplent.

Une heure plus tard, tu en sais déjà plus sur ce pays. Le Gabon est un pays de savane, de rivières et de forêts. La forêt tropicale qui le couvre est la deuxième plus grande du monde et elle abrite de multiples espèces animales. Hélas, tu as la tristesse d'apprendre que la plupart d'entre elles sont menacées par des trafiquants qui ne respectent rien.

Toutes ces informations te donnent l'envie de boucler tes bagages sur-le-champ pour sauver les animaux fugitifs. Sans attendre, tu pédales jusque chez ta tante. Justement, elle est en pleins préparatifs.

– J'ai téléphoné chez toi. Tes parents m'ont dit que tu étais à la bibliothèque. Tu sais donc que cette mission sera très difficile…

Il en faut bien plus pour t'effrayer. Comme Lilou, tu es prêt à courir de grands risques par amour du monde sauvage.

Tu n'as plus qu'à faire tes valises. N'oublie surtout pas tes jumelles, ta boussole ainsi que ton fidèle couteau suisse à douze lames !

SI TU ES PRÊT POUR L'AVENTURE, VA EN 7.

5

Vous prenez place sur la pirogue. Tu as déjà vu plus stable, comme moyen de locomotion ! Tu n'as pas tellement envie de tomber à l'eau ni de tomber nez à nez avec un crocodile.

– Allez, on rame en rythme ! lance Lilou.

Facile à dire ! Au lieu d'avancer, la pirogue tourne sur elle-même comme une toupie. Après quelques minutes de patience, les progrès sont déjà là et votre embarcation file tout droit dans le courant.

– Oh, regarde ! s'exclame Lilou.

Deux buffles se désaltèrent sur le bord de la rivière. Vous les observez avec émerveillement et tu prends une photo discrètement. Votre pirogue est un observatoire idéal.

Mais il ne faudrait pas oublier que vous vous battez contre le temps. Alors vous redoublez d'effort et des ampoules commencent à naître sur tes doigts. Tu serres les dents sans te plaindre. Bientôt, un problème plus grave se présente.

– Tu ne trouves pas que le courant est de plus en plus fort ? demande Lilou.

Elle est inquiète. Et il y a de quoi : la pirogue est entraînée de plus en plus rapidement. Elle devient vraiment très difficile à maîtriser. Des tourbillons la malmènent. Est-il bien prudent de continuer sur l'eau ? Ne vaut-il pas mieux regagner la rive pour continuer à pied ?

- **SI TU DÉCIDES D'ÊTRE PRUDENT ET DE REGAGNER LA RIVE, VA EN 10.**
- **SI TU TE DIS QUE ÇA VA S'ARRANGER ET QU'IL EST PRÉFÉRABLE DE RESTER SUR LA PIROGUE (LE PAYSAGE EST SI BEAU !), CONTINUE EN 15.**

6

Tu es vraiment très heureux de disputer ce match dans ta nouvelle tenue. Les joueurs de ton équipe ainsi que ton entraîneur te félicitent de ce nouvel équipement. Tu t'échauffes avec eux puis tu prends place dans tes cages.

Enfin, l'arbitre siffle le coup d'envoi. Mais plus le temps passe et plus tu songes aux animaux qui sont retournés à la vie sauvage à cause de la tempête. Tu sais que les animaux qui se sont échappés du centre risquent gros. Ils ne sont plus adaptés à la vie sauvage : si personne ne leur vient en aide, ils ne pourront pas survivre longtemps. Ton esprit est déjà en voyage au Gabon, mais les autres joueurs, eux, sont bien ici… C'est ainsi que tu encaisses trois buts d'affilée. Les adversaires hurlent de joie tandis que ton équipe fait grise mine.

– Tu es vraiment dans la lune, déclare ton entraîneur.

Tu es rongé par la curiosité d'en savoir plus sur la mission qui attend certainement ta tante. Et si elle partait en urgence, sans toi ? Soudain, tu aperçois l'avant-centre adverse qui fonce en direction de tes cages. Cette fois-ci, hors de question d'encaisser un nouveau but. Tu décides de te jeter dans ses jambes pour lui prendre le ballon. Hélas ! tu te tords le pied et une douleur fulgurante te transperce la cheville. Une belle entorse ! Te voilà sur le banc des remplaçants.

FIN

Quoi qu'il arrive, il te sera impossible d'accompagner ta tante en mission. Mais tu peux commencer une nouvelle aventure en 1 !

7

Cette aventure commence dans un énorme appareil qui vous dépose à Libreville, la capitale du Gabon. Un jeune homme en tenue de ranger vous attend.

– Je suis ravi de vous rencontrer, dit-il. Ne perdons pas de temps.

Tu as la surprise de découvrir sur la banquette arrière du véhicule tout-terrain un drôle de passager, qui ressemble à un gros chat aux oreilles pointues.

– C'est un caracal apprivoisé, explique le ranger. Il ne veut plus nous quitter !

La piste qui conduit au camp est en mauvais état. Il faut se faufiler entre les gros cailloux et les troncs d'arbres abattus par la tempête.

– Beaucoup d'animaux se sont sauvés, explique le ranger. Ils ne parviendront pas à se nourrir par eux-mêmes. Je suis sûr que les trafiquants sont déjà en chemin pour les attraper.

Tu n'as plus qu'une hâte : agir. Vous arrivez enfin au centre. Les installations en bois sont toutes à terre. La clinique de soin est détruite, les enclos pulvérisés.

Après un rapide repas, le responsable du centre vous annonce que votre mission sera de retrouver la femelle guépard qui attend des petits.

– C'est une mission délicate, qui devra être menée rapidement. Il faut absolument la trouver avant les trafiquants.

Il vous indique sur une carte la zone où la femelle s'est certainement réfugiée, mais il vous prévient :

– C'est un secteur reculé. Vous rencontrerez toutes sortes de dangers. Il faudra être très prudents.

Vous vérifiez votre matériel et faites provision de nourriture et d'eau. En route !

Mais quel chemin prendre ?

VOUS POUVEZ TRAVERSER LA SAVANE EN VÉHICULE TOUT-TERRAIN. LE TRAJET SERA PLUS LONG MAIS MOINS DANGEREUX.
C'EST EN 3.

VOUS POUVEZ AUSSI CHOISIR DE DESCENDRE LA RIVIÈRE SUR UNE PIROGUE. VOUS PERDREZ MOINS DE TEMPS MAIS VOUS COURREZ DE GROS RISQUES.
C'EST EN 5.

8

Vous vous approchez le plus discrètement possible de l'éléphant. La plus grande prudence s'impose. Une bête blessée peut devenir dangereuse.

Lilou sort de son sac à dos la trousse de secours et de l'eau. Comment s'y prendre pour l'approcher ? C'est l'heure de son bain de boue, qui lui permet de se débarrasser des parasites.

Une fois qu'il est propre, l'éléphant attrape avec sa trompe des feuillages situés en hauteur pour les mettre dans sa bouche.

– Il faut agir, dit Lilou.

À pas discrets, elle se faufile derrière l'éléphant et se glisse sous son ventre. Elle peut commencer à panser la blessure du pachyderme. Sa peau est tellement épaisse qu'il ne sent rien. Mais soudain la bête lève la trompe, signe qu'elle cherche à savoir si un prédateur s'approche. Tu trembles pour ta tante. À la vue de l'ombre de Lilou qui bouge sur le sol, l'éléphant prend peur et fait un pas de côté, qui envoie Lilou dans la poussière. Heureusement, elle parvient à s'enfuir et à te rejoindre.

Ta tante se tient le bras en faisant la grimace.

– Tu es blessée ? lui demandes-tu.

– Je crois que je me suis cassé le bras.

En plus, toute votre réserve d'eau a été renversée dans la mésaventure.

FIN

Tu lis dans les yeux de ta tante qu'il ne serait vraiment pas raisonnable de continuer… C'est la fin de ta mission. Mais tu peux tenter une autre aventure en 1 !

9

Prudents, vous vous éloignez du tronc, à la recherche d'un moyen plus sûr pour franchir cette rivière. Au bout de quelques kilomètres, le terrain devient plus escarpé. Vous longez maintenant des falaises.

– Regarde, un pont de singe ! fait remarquer ta tante.

Le premier problème, c'est que ce pont au-dessus du vide est en très mauvais état. Et le deuxième, c'est que ta tante a le vertige. Mais avez-vous vraiment le choix ?

– Donne-moi la main, ordonnes-tu. Ne regarde surtout pas en bas.

Tu t'engages sur le pont, qui balance de droite à gauche. Les dents de ta tante font un bruit de castagnettes, mais vous parvenez sans trop de problème de l'autre côté.

– Sans toi, je n'y serais jamais arrivée, dit Lilou, encore tremblante.

Quelques minutes de repos ne sont pas de refus, car ces émotions vous ont épuisés. Vous enlevez vos sacs à dos et les posez sur un rocher. C'est alors qu'un drôle de bruit attire votre attention.

– Un gecko ! s'exclame ta tante.

Vous scrutez le feuillage pour localiser le gros lézard vert, qui continue à

produire son drôle de bruit. Mais, pendant ce temps, un petit singe chapardeur en profite pour s'emparer de vos provisions. Le voilà qui s'enfuit ! Que faire ?

SI TU LE POURSUIS POUR TENTER DE RÉCUPÉRER VOS PRÉCIEUSES PROVISIONS, COURS EN 11.

SI TU DÉCIDES DE CONTINUER LA MISSION SANS LES PROVISIONS, VA EN 14.

10

Regagner la rive n'est pas une partie de plaisir. Vous rencontrez de nombreux tourbillons, qui menacent de vous engloutir. Des troncs d'arbres à la dérive viennent cogner contre la coque, qui commence à prendre l'eau.

– Il faut balancer nos sacs à dos pour nous alléger, déclare Lilou. Sinon, nous allons couler.

Vos sacs contiennent de précieuses provisions, mais c'est votre seule chance de rester à flot. Vous décidez de ne garder que le téléphone par satellite, pour appeler des secours. Quelque chose vous dit que vous allez en avoir besoin.

Des rapides vous bousculent dans tous les sens et vous finissez par lâcher vos rames, qui disparaissent dans l'eau comme des allumettes. Vous êtes bien mal partis ! La rive n'est pas très loin, mais vous jeter à l'eau serait une folie, car cette région est infestée de crocodiles.

Soudain, vous vous rendez compte que vous foncez à une allure folle en direction d'un rocher. Vous allez le percuter dans quelques secondes.

– Nous allons trop vite, cries-tu. La pirogue va exploser !

Vous faites absolument tout pour essayer de dévier votre trajectoire. Hélas, vos efforts sont inutiles. Comme tu l'avais prévu, la pirogue éclate en mille morceaux contre le rocher. Le choc est si violent qu'il vous projette dans les airs.

Vous retombez finalement dans la boue, sur la rive. Un vrai miracle ! Même si tu es un peu étourdi et que ta tante s'est foulé les poignets.

– Heureusement, le téléphone satellite fonctionne toujours, dit Lilou.

FIN

**Il ne vous reste plus qu'à appeler les secours !
Mais il n'est pas trop tard pour tenter une nouvelle aventure, en 1 !**

11

Pas question de vous laisser dévaliser ! Sans ces provisions, vous n'avez presque aucune chance de mener à bien votre mission. Alors vous courez tous les deux à travers les herbes de la forêt. Vous glissez souvent et des branches vous griffent le visage, mais il faut rattraper ce maudit voleur, qui passe de branche en branche en poussant des cris moqueurs.

Tu ne te rends pas compte que le terrain devient de plus en plus humide et marécageux. Soudain, tu sens le sol se dérober sous tes pieds. Impossible d'avancer. Que se passe-t-il ? Tu ne rêves pas : tu t'enfonces lentement dans le sol. Prenant conscience de la catastrophe, tu as juste le temps de prévenir ta tante :

– N'avance pas, je suis tombé dans des sables mouvants.

Lilou s'arrête juste avant de tomber dans le piège. Tu as beau te débattre, en quelques secondes, tu t'enfonces jusqu'à la taille.

– Ne bouge pas ! hurle ta tante. Il faut rester immobile. Plus tu te débats et plus tu t'enfonces.

Facile à dire ! Tu sens la panique t'envahir et tu n'as qu'une seule envie : continuer à te débattre. Mais ta tante est une exploratrice chevronnée. Ne vaudrait-il pas mieux l'écouter ?

SI TU N'EN FAIS QU'À TA TÊTE ET QUE TU CONTINUES À T'AGITER POUR TE DÉGAGER, VA EN 25.

SI TU FAIS CONFIANCE À TA TANTE ET QUE TU DÉCIDES DE NE PLUS BOUGER, FILE EN 19.

12

Vous vous éloignez de l'éléphant. Ta tante parvient à joindre le centre grâce au téléphone à liaison satellite et signale la présence de l'animal.

– Ils vont venir le chercher. Continuons notre route.

Le soleil frappe et la savane ne propose aucun abri ombragé. Heureusement, vous approchez d'un cours d'eau. Et quoi de mieux qu'un bord de rivière pour se restaurer ? Cette pause est vraiment bienvenue et votre repas délicieux. Vous en profitez pour admirer une gracieuse girafe qui plie son cou immense pour boire l'eau de la rivière. Soudain, tu remarques des empreintes dans la terre humide.

– Ce sont bien des empreintes de guépard, certifie Lilou.

Quelques touffes de poils trouvées sur le sol vous confirment que vous êtes sur la bonne voie. Une vague d'espoir gagne ton cœur. Mais une difficulté se présente.

– Regarde, dit ta tante, on dirait que la femelle guépard a traversé la rivière.

C'est vrai que le secteur préféré des guépards est situé sur l'autre rive. Mais comment faire pour traverser le fleuve ? Un bain ne te tente pas. Par chance, tu remarques un grand tronc d'arbre abattu entre les deux rives, qui pourrait vous servir de pont.

– Il est instable et il faut beaucoup d'équilibre, dit Lilou. Au moindre faux pas, c'est la catastrophe.

Que décides-tu ?

SI TU PRENDS LE RISQUE DE PASSER SUR LE TRONC, VA EN 16.

SI TU DÉCIDES DE SUIVRE LA RIVE POUR TROUVER UN MOYEN MOINS RISQUÉ DE FRANCHIR LE FLEUVE, FILE EN 9.

13

Le temps presse, les traces sont de plus en plus fraîches. Vous remarquez des herbes piétinées, des griffures sur les troncs d'arbres et des touffes de poils au sol.

– Les braconniers ont attrapé la femelle et ses petits, déclare Lilou.

– Peut-être, mais nous sommes là et nous pouvons agir !

Après quelques minutes de marche, vous entendez des voix. Cachés derrière les feuillages, vous pouvez voir les trois hommes et la femelle guépard, enfermée dans une cage avec ses petits. Les braconniers fêtent leur victoire. Heureusement, les guépards ne semblent pas avoir été maltraités.

Les hommes sont fatigués. Ils enlèvent leurs chaussures et s'enferment dans leur tente pour se reposer. C'est le bon moment pour tenter quelque chose. C'est maintenant ou jamais !

Vous vous approchez silencieusement de la cage. Hélas, elle est fermée par un solide cadenas. Mais tu peux compter sur ton fidèle couteau suisse, avec lequel tu débloques le mécanisme. Cependant, juste au moment où la porte s'entrouvre, tu marches sur une branche qui craque. Aussitôt, les braconniers qui ne dormaient que d'un œil sortent de leur tente. Vous ne faites vraiment pas le poids. Que faire ?

SI TU DÉCIDES DE LEUR FAIRE FACE ET D'ENTAMER UN DIALOGUE POUR LES PERSUADER D'ÉPARGNER LES GUÉPARDS, VA EN 20.

SI TU CHOISIS DE FUIR À TOUTES JAMBES AVEC LA FEMELLE ET SES PETITS, COURS EN 24.

14

Continuer sans nourriture ni eau, c'est sans doute périlleux, mais vous n'êtes plus très loin du but.

– On trouvera bien des choses à manger dans la nature, déclare Lilou.

En plus, votre attention est attirée par des signes vraiment encourageants.

– Regarde, les herbes sont piétinées, signale ta tante.

– Et là il y a des touffes de poils sur les arbres.

La femelle guépard est passée par là et cette nouvelle vous remplit d'énergie. Même si le chemin est difficile, dans cette jungle pleine de pièges, vous êtes décidés à trouver la femelle avant les braconniers.

Peu après, c'est la douche froide.

– Des traces de pas humains, indique Lilou.

Vos observations vous prouvent que trois hommes suivent la même piste que vous.

– Certainement les braconniers ! devines-tu.

Vous redoublez d'énergie. Vous transpirez. La soif vous gagne.

– Impossible d'aller plus loin ! lance soudain Lilou.

Vous vous trouvez en effet face à une petite falaise.

– On va l'escalader ! affirmes-tu.

Ta tante ne semble pas convaincue. Tu veux lui prouver que cet obstacle peut se franchir grâce à tes talents de grimpeur. Mais, dès les premiers mètres, tu dois reconnaître que tu manques d'énergie.

– Sans nourriture et sans sucre, constate Lilou, nous n'aurons jamais la force d'escalader cette falaise.

FIN

La mort dans l'âme, tu admets que ta tante a raison et que ce dernier obstacle est plus fort que votre obstination. C'est la fin de ta mission.
Retourne en 1 pour tenter une nouvelle aventure !

15

Pendant quelques minutes, vous avez bien peur d'avoir fait le mauvais choix. Mais, l'instant d'après, vous pouvez respirer. Ce n'était qu'un passage difficile. La rivière reprend son cours tranquille et vous pouvez ramer sans effort, en admirant le paysage. Des oiseaux s'envolent par grappes dans le ciel, des hippopotames prennent tranquillement un bain de boue.

– Chacun sa conception de la propreté, fait remarquer ta tante en éclatant de rire.

Elle aussi est de bonne humeur. Il faut dire que descendre une rivière est vraiment un moyen extraordinaire pour être en contact direct avec les

merveilles de la nature. Vous pouvez croiser un crocodile plutôt menaçant mais vous parviendrez facilement à l'éloigner en lui donnant des coups de rame. Cela fait partie de l'aventure !

Après deux bonnes heures de navigation, la faim se fait sentir.

– Nous avons bien mérité une pause.

Vous accostez et vous vous jetez sur les feuilles de bananiers qui renferment votre repas. Au menu : patate douce, ananas et avocat. Un délice !

– Cette mission s'annonce vraiment bien, déclares-tu.

À peine as-tu prononcé ces paroles que tu aperçois une hyène non loin de vous, sur le bord de la rivière. Tu connais sa réputation d'animal méchant qui porte malheur. Le hurlement qu'elle pousse, semblable à un rire cruel, fait froid dans le dos. Mais tu t'aperçois bientôt qu'elle est blessée au flanc et que ce cri exprime sa douleur. Abandonnant vos affaires, vous vous approchez d'elle. Hélas, dès qu'elle vous voit, elle se sauve dans la forêt.

SI TU SUPPLIES TA TANTE DE SUIVRE LA HYÈNE POUR TENTER DE LA SOIGNER, VA EN 22.

SI TU PRÉFÈRES TE CONCENTRER SUR TA PREMIÈRE MISSION, RENDS-TOI EN 18.

16

– À toi de jouer ! lance ta tante. Mais fais bien attention.

Elle est très inquiète. En posant le premier pas sur le tronc, tu n'en mènes pas large non plus. Tu sens la sueur couler le long de ton front et ton cœur bat comme un fou. Heureusement, tu as souvent fait de la poutre pendant les cours de gymnastique et tu ne t'en tires pas si mal.

Mais soudain, ton pied glisse, tu vas basculer dans l'eau ! En faisant des moulinets avec les bras, tu réussis à rétablir l'équilibre et à atteindre l'autre rive. Jamais tu n'as eu aussi peur.

– C'est facile, dis-tu à ta tante, il faut juste rester concentré !

Visiblement, elle n'a pas autant d'équilibre que toi et les premiers pas sont difficiles. Pourvu qu'elle ne voie pas le crocodile qui nage discrètement dans sa direction.

– Regarde bien devant toi ! cries-tu.

Tout à coup, c'est la catastrophe : Lilou trébuche et tombe dans le courant. Elle nage aussi vite qu'elle peut pour échapper au crocodile, bien décidé à se régaler, mais il va la rattraper. Elle a alors la présence d'esprit de lui abandonner son sac à dos, qui suffit à l'occuper. Pendant ce temps, tu envoies à ta tante une longue liane, qu'elle parvient à attraper. Tu réussis à la ramener rapidement sur le bord de la rivière. Vous êtes sains et saufs, c'est l'essentiel. Mais vous avez tout perdu et, sans matériel ni provisions, votre mission est vouée à l'échec.

FIN

Vous vous en êtes bien sortis, mais impossible de continuer la mission dans ces conditions.
Retourne en 1 pour tenter une nouvelle aventure !

17

Tu t'enfonces dans l'étroit boyau. Des centaines de lucioles accrochées aux parois vous permettent de vous déplacer sans vous cogner. Vous découvrez bientôt que les roches sont ornées de peintures et de signes mystérieux.

– On se croirait dans une sorte de temple, chuchotes-tu.

Tu as déjà vu ce genre d'endroits dans les films d'aventures et d'explorateurs. Vous rencontrez ensuite des statues de bois, des masques effrayants qui confirment ta première impression. Tu sens la peur t'envahir. N'êtes-vous pas en train de profaner un lieu sacré ? En général, ce genre de choses tourne mal, dans les films que tu as vus.

Lilou s'immobilise devant un superbe masque, qui repose sur une grosse pierre sculptée et qui jette des éclats dorés. L'objet est tellement étincelant que tu as bien du mal à le regarder en face. Pas de doute, l'objet est en or. Tu es certain qu'un jour des voleurs s'en empareront, peut-être ceux-là mêmes qui chassent les animaux.

– On devrait le rapporter au Musée national, qui le mettra en sécurité, proposes-tu.

Ta tante se souvient de légendes africaines, qui promettent de punir les profanateurs qui s'emparent des objets sacrés. Elle te déconseille de toucher ce fameux masque.

SI CE MASQUE T'HYPNOTISE TELLEMENT QUE TU T'EN EMPARES, VA EN 35.

SI TU REVIENS SOUDAIN À LA RAISON ET FAIS DEMI-TOUR POUR SORTIR DU TEMPLE SANS RIEN TOUCHER, FILE EN 28.

18

Cette hyène se débrouillera toute seule. C'est un animal solide et il ne serait pas très prudent de vous aventurer derrière elle. Il est préférable de rester concentrés sur votre mission. Vous vous apprêtez à remonter sur la pirogue quand vous remarquez des traces sur le sol humide. Lilou s'accroupit pour les examiner.

– On dirait bien qu'un félin est passé par ici. Et plus précisément un guépard.

Tu remarques que les empreintes sont profondes et tu en déduis que l'animal était lourd et lent.

– Certainement la femelle enceinte, déclares-tu.

Quel heureux hasard ! Vous avez bien fait de vous arrêter dans les parages.

– Bon raisonnement, dit ta tante. Les petits ne sont pas encore nés.

Plus question de prendre la pirogue. Les traces s'enfoncent dans la forêt. Sous les arbres, il fait sombre, l'humidité est étouffante et les bruits inquiétants. Vous croisez des insectes gros comme le poing. Tu sors ta boussole pour confirmer la direction.

Tu sens quelque chose qui te démange sur la nuque et, alors que tu t'apprêtes à te gratter, ta tante crie :

– Ne bouge plus ! Ne te gratte surtout pas !

– Qu… quoi ?

– Tu as une énorme mygale sur la nuque. Mais ne panique surtout pas.

C'est pourtant justement ce que tu as envie de faire. Tu trembles des pieds à la tête. Lilou s'approche doucement et, d'un revers de main éclair, balaie l'énorme araignée qui tombe au sol. Ouf !

Pas le temps de se lamenter, il faut économiser ton énergie, car le chemin se met à grimper sérieusement. Tu fournis un effort colossal, ta tête tourne, tes poumons te brûlent ; tu as besoin de repos.

Où prendre place pour t'asseoir un moment ? Pas question de faire une nouvelle mauvaise rencontre. Tu regardes autour de toi. Tu as le choix entre un tronc d'arbre couché et un rocher.

SI TU CHOISIS DE PRENDRE PLACE SUR LE TRONC, VA EN 26.

SI TU CHOISIS LE ROCHER, CONTINUE EN 21.

19

Fais preuve de sang-froid, Romain, et cesse de t'agiter ! Pour te donner du courage, tu penses à tes parents, à ta petite sœur et à tous les beaux voyages qui t'attendent. Tu luttes contre la panique et le calme revient en toi. Ta tante avait raison : tu as l'impression que tu t'enfonces moins rapidement.

– Tous les explorateurs savent ça, dit Lilou. Maintenant, je vais chercher une grosse branche pour te tirer de là.

Tu la vois disparaître dans les feuillages. Un gros papillon vient se poser sur le bout de ton nez, ce qui te fait loucher et te donne envie de te gratter.

– Me revoilà ! s'écrie ta tante. Attrape ça.

Elle te lance une grosse branche ; tu fais un énorme effort pour dégager tes bras. Enfin, tu peux hurler :

– Je l'ai !

Ta tante tire de toutes ses forces et, centimètre par centimètre, ton corps sort de cette purée qui t'emprisonnait. Ouf ! Cette fois, tu as eu vraiment peur.

– Tu es tout pâle ! remarque Lilou.

C'est vrai, ta tête tourne.

– Tu as besoin de manger !

Hélas, toutes vos provisions ont été volées par le petit babouin. Heureusement, la nature est généreuse et vous offre des fruits, des œufs dans un nid, ainsi que des champignons. De quoi te redonner des forces. Mais, soudain, ta tante a un doute.

– Ne mange pas ce fruit. Je crois qu’il est toxique.

- SI CE FRUIT TE FAIT TELLEMENT ENVIE QUE TU LUI DÉSOBÉIS, VA EN 30.
- SI TU PRÉFÈRES SUIVRE SON CONSEIL, RENDS-TOI EN 23.

20

Les braconniers ne sont pas des anges. Ils sont équipés comme des militaires et votre discours ne les émeut pas. Vous avez beau leur dire que les guépards sont menacés d'extinction et que les chasser est un véritable crime, ils ne pensent qu'à l'argent qu'ils vont pouvoir récolter et éclatent de rire. La protection de la nature ne les concerne visiblement pas.

Pendant ce temps, dans sa cage, la femelle pousse des cris, qui font penser à ceux d'un oiseau ou au miaulement d'un chat. Ses petits sont blottis contre elle.

Les bandits regardent le ciel et vous comprenez qu'ils attendent un hélicoptère, qui viendra prendre la cage.

C'est alors qu'un des braconniers pousse un hurlement. Les yeux tournés vers le ciel, il n'a pas vu le serpent qui l'a mordu au mollet et il s'écroule au sol, terrassé par la douleur.

– Une vipère du Gabon ! hurle un de ses amis.

En quelques secondes, l'homme devient aussi rouge qu'un coquelicot et se met à trembler. Il n'arrive plus à articuler la moindre parole.

– La vipère du Gabon est un des serpents les plus dangereux d'Afrique, t'explique Lilou à voix basse.

En effet, le braconnier est sur le point de perdre connaissance et ses amis ne peuvent rien pour lui.

Plus personne ne fait attention à vous et il serait assez facile de vous enfuir. Mais, au lieu de ça, Lilou prend la parole.

POUR CONNAÎTRE CE QUE VA DIRE LILOU ET DÉCOUVRIR LA FIN DE L'HISTOIRE, VA EN 31.

21

Tu es magnifiquement installé sur ton rocher. En plus, tu as une vue splendide sur toute la forêt. Tu prends plusieurs photos, en souvenir de cette incroyable mission. En regardant le résultat de tes prises de vue, tu remarques un détail qui n'avait pas attiré ton attention. Tu grossis l'image et soudain tu t'écries :

– Lilou, on dirait qu'il y a des hommes là-bas !

Tu te saisis de tes jumelles et tu les braques vers l'endroit que tu viens de photographier. Ce sont bien des hommes, habillés en blanc, équipés de fusils, qui se taillent un chemin dans la végétation. Ils ont beaucoup d'avance sur vous, mais la bonne nouvelle, c'est qu'ils n'ont pas encore attrapé la femelle guépard. Il faut réfléchir au chemin le plus rapide pour la trouver avant eux. Vous examinez attentivement la carte et regardez le paysage qui est devant vous.

– Continuer par la forêt me semble vraiment dangereux, dit ta tante. Il serait préférable de suivre la rivière, pour passer devant les braconniers. Ainsi, nous aurions une chance de trouver la femelle avant eux, car les femelles enceintes ont besoin de boire. En plus, on risquerait moins de se perdre.

C'est vrai que la carte est catégorique : le chemin qui vous attend dans la forêt est touffu, parsemé d'embûches et de pièges de toutes sortes. Vous risquez bien de ne jamais rattraper vos ennemis. Et puis, pour vous diriger, tu peux compter sur ta… Malheur ! Tu te rends compte que tu as perdu ta boussole, certainement à l'endroit où tu as été attaqué par la mygale. Mais tu préfères dissimuler ce problème.

– Je ne suis pas d'accord, dis-tu. C'est un grand détour, je préfère prendre le risque de traverser la forêt pour gagner du temps.

SI VOUS VOUS METTEZ D'ACCORD POUR ÊTRE PRUDENTS ET PASSER PAR LA RIVIÈRE, VA EN 27.

SI TU RÉUSSIS À CONVAINCRE TA TANTE DE CONTINUER PAR LA FORÊT, CONTINUE EN 32.

22

Vous n'avez pas à faire beaucoup de chemin. Quelques centaines de mètres plus loin, vous trouvez la bête, allongée sur le côté. Elle respire doucement en poussant des petits cris plaintifs. Jamais tu n'aurais cru être ému par une hyène. En fait, c'est un animal qui mérite autant le respect qu'un autre.

Sa patte porte les marques des mâchoires d'un piège. Pour s'en dégager, elle a dû tirer tellement fort que toute sa peau est arrachée.

– Il faut agir avec douceur, dit Lilou, sinon elle va mordre.

La hyène comprend bien vite que vous ne lui voulez pas de mal et se laisse bander la patte. Vous ne pouvez

pas faire grand-chose de plus pour elle. Il faut retourner au bord de l'eau, près de la pirogue où vous avez laissé vos affaires. Vous pensez soudain que ce n'est d'ailleurs pas très raisonnable d'avoir laissé votre précieux chargement sans surveillance. Vous avez un mauvais pressentiment et vous vous mettez à courir vers la pirogue. Vous arrivez juste à temps pour surprendre un crocodile en train de dévaliser vos sacs.

– Ça mange n'importe quoi, ces bêtes-là, déclare Lilou. Il va tout avaler.

Le caïman est en train d'ingurgiter tout ce qui se trouve dans vos sacs. Même le téléphone satellite atterrit dans son énorme gueule. Un véritable aspirateur ! Vous parvenez à vous saisir de vos rames et vous frappez aussi fort que vous pouvez, mais elles se brisent sur les écailles qui constituent sa peau. Le gros lézard n'a visiblement pas l'intention de rendre ce qu'il a volé et se contente de glisser dans l'eau, où il disparaît.

FIN

Sans votre matériel, vos rames et vos provisions, votre mission est vouée à l'échec. Mais il n'est pas trop tard pour recommencer. Retourne en 1 !

23

Les baies, œufs et champignons apaisent ta faim. Vous voilà prêts à continuer. Mais dans quelle direction ? Vous avez perdu la piste de la femelle guépard. Le mieux est de vous diriger par rapport au soleil.

– Oh, regarde ! déclare Lilou. Des nids de chimpanzés !

En effet, des nids abandonnés sont perchés dans les arbres. Tu ne résistes pas à l'envie d'aller les voir de plus près. La grimpette est facile. Les nids sont si astucieusement réalisés. Et quelle vue merveilleuse sur la forêt ! Un détail intéressant attire ton regard.

– Je vois une colonne de fumée, cries-tu à Lilou.

Les braconniers ! Pas de doute : ils sont sur la piste de la femelle et ils ont de l'avance sur vous !

– Nous pouvons encore les rattraper, affirme ta tante.

Maintenant, vous tracez votre chemin à travers une épaisse végétation, pour parvenir à une clairière où vous trouvez les restes d'un feu de camp.

– Ils viennent juste de partir, déduit Lilou.

En observant les traces sur le sol, vous découvrez que la femelle guépard a mis bas. Elle est encore plus vulnérable, à présent, avec ses petits.

Soudain, une antilope traverse la clairière. Elle boite terriblement. Tu ne supportes pas la vue d'un animal blessé et tu décides de la suivre. Mais, rapidement, vous la perdez de vue. Vous remarquez sur le sol un trou profond, qui ressemble à un énorme terrier. Et si l'antilope était tombée dedans ? Faut-il s'y engager ?

NON, TROP RISQUÉ. TU DÉCIDES DE CONTINUER SUR LA PISTE DE LA FEMELLE GUÉPARD, EN 13.

OUI, TU ES CERTAIN QU'IL Y A DES DÉCOUVERTES À FAIRE DANS CETTE GROTTE, EN 17.

24

Bien décidés à battre le record olympique de vitesse en course à pied, vous vous engagez droit devant, dans la jungle profonde, en entraînant la femelle guépard et ses petits. Les braconniers ont été surpris par votre réaction éclair. Et, le temps qu'ils enfilent leurs chaussures, vous prenez un peu d'avance. Ils sont peut-être équipés, mais plus lourds et moins agiles que vous. Vous avez donc toutes les chances de leur échapper. Vous enjambez des arbres couchés, des branches vous griffent le visage, mais vous ne pensez qu'à une chose : fuir avec vos protégés.

La femelle fait des bonds rapides et gracieux à vos côtés. Mais soudain elle fait demi-tour en poussant un cri.

– Les petits ne suivent pas ! s'exclame Lilou. Leur mère ne veut pas les abandonner.

C'est normal. Quelle mère abandonnerait ses petits dans pareille situation ?

La femelle guépard vous jette un regard déchirant. Vous comprenez qu'elle a décidé de rester avec ses petits pour les protéger. Vous entendez la végétation bruisser et des voix résonner. Les braconniers sont proches.

Qu'allez-vous faire ?

SI TU DÉCIDES DE FUIR PENDANT QUE C'EST ENCORE POSSIBLE, AFIN D'ALLER CHERCHER DES SECOURS, FILE EN 33.

SI TU PRÉFÈRES RESTER AVEC LA FEMELLE ET SES PETITS (PAS QUESTION DE LES LAISSER SEULS AUX PRISES AVEC CES BANDITS), VA EN 38.

25

Du sang-froid dans cette situation ? Impossible ! Tu t'agites dans tous les sens pour tenter de sortir de ce trou. Mais plus tu paniques et plus tu t'enfonces. Tu sens le mélange de boue et de sable te caresser le cou. Quelle horreur ! Ta tante court de droite à gauche et trouve une grosse branche que tu parviens à saisir, mais elle se brise aussitôt entre tes mains. Pour couronner le tout, le sol se met à trembler. Une forme grise apparaît entre les arbres. C'est un éléphant des forêts, accompagné de son petit, qui vient sans doute assister au spectacle ! Mais son apparition n'est peut-être pas une si mauvaise nouvelle, après tout.

– J'ai une idée ! crie ta tante.

Elle parvient à lancer une grosse liane à l'éléphant, qui la saisit avec sa trompe.

– Attrape l'autre bout de la liane, t'ordonne-t-elle.

C'est ta dernière chance ! L'éléphant tire la liane et c'est sans effort qu'il te sort des sables mouvants. Il vous regarde avec ses petits yeux et remue ses oreilles. On dirait qu'il veut vous dire quelque chose. Les éléphants ont bonne mémoire, paraît-il. Il se souvient peut-être que ta tante a sauvé de nombreux éléphants dans la région…

Tu es sauvé, mais tu as perdu dans les sables carte et boussole. De plus, ta tante a eu vraiment peur et elle n'a pas du tout envie de risquer ta vie une nouvelle fois.

FIN

Lilou décide de mettre fin à la mission.
Retourne en 1 pour te lancer dans une nouvelle aventure !

26

Avant de t'installer, tu vérifies que le tronc n'abrite aucune mygale. Pendant que tu profites d'un repos bien mérité et que tu reprends ton souffle, ta tante consulte la carte. Elle a bien du mal à se repérer, mais ce n'est pas grave, car la piste de la femelle guépard est fraîche. Il suffit de la suivre. Tu es certain que vous vous rapprochez du but et tu ne doutes pas de la réussite de la mission. Tes jambes te grattent un peu, mais rien de grave, cela vient certainement de l'humidité et de la transpiration. Tu admires dans les arbres des oiseaux multicolores ainsi qu'une famille de singes perchés sur une branche. Ce sont des babouins qui ont l'air bien sympathiques. Que la nature est accueillante !

Tout irait vraiment bien si tes démangeaisons ne s'aggravaient pas. Tu dois te gratter sans arrêt, et plus seulement les jambes mais aussi les bras, le torse, le cou.

Soudain, ta tante porte sa main devant sa bouche.

– Romain, tu es couvert de fourmis !

Rien à voir avec les petites fourmis noires que tu connais. Celles qui t'attaquent sont énormes, rouges et volantes. Elles montent le long de tes membres. Tu en as même dans la culotte !

– Mon pauvre, tu es tout rouge ! Essaie de ne pas te gratter, répète ta tante.

C'est vraiment trop te demander : tu te grattes jusqu'au sang. Tu es couvert d'énormes boutons. Pas de doute, tu es en train de faire une allergie foudroyante et vous ne disposez d'aucun remède. Les fourmis ne vont pas te laisser tranquille.

– La seule solution est de retourner à la rivière pour te baigner. Il n'y a que ça pour te débarrasser des fourmis.

FIN

Ces maudites fourmis ont gâché votre mission. Tu n'as pas d'autre choix que de retourner à la rivière puis de rentrer au camp pour te soigner. Heureusement, tu peux tout recommencer en 1 !

27

En trottinant à petits pas, vous parvenez sans encombre près de la rivière. Finalement, tu n'es pas fâché de quitter la jungle inhospitalière. Ces rives sont plus accueillantes et vous avancez d'un bon pas.

– Si mes calculs sont bons, dit Lilou, nous arrivons dans le secteur où la femelle a pu se réfugier. Soyons attentifs.

Vous n'avez pas le temps de vous arrêter pour admirer des grands koudous qui, sur l'autre rive, vous regardent d'un air étonné. Mais vous notez que cette région possède une faune vraiment très riche.

Ta tante ne s'est pas trompée. Des empreintes de félins apparaissent sur le

sol humide. Cette fois, la femelle n'est plus seule, de minuscules empreintes accompagnent les siennes.

– Elle a eu ses petits ! déclare ta tante. Elle a besoin d'eau. Écoutons, regardons.

Le seul bruit qui vient à vos oreilles, ce sont des cris humains. Les braconniers ? Certainement pas, ils savent se faire discrets.

– Là-bas, dit Lilou.

Un jeune garçon fait de grands gestes sur un petit rocher, au milieu de la rivière. C'est un jeune pêcheur dont la pirogue qui s'est détachée file dans le courant.

– Il appelle au secours, constates-tu.

Tout cela vous ralentit pile au mauvais moment. Mais que faire d'autre ? Impossible de le laisser tomber. Il va falloir faire preuve d'astuce et prendre une décision rapide. Tu remarques sur la rive un grand arbre sec, prêt à s'écrouler car fragilisé par la tempête. C'est peut-être la solution.

– On va le pousser de toutes nos forces, proposes-tu. Et peut-être qu'une fois tombé, il pourra servir de pont au garçon. Au travail !

L'arbre bouge, vacille, ses racines mortes et peu profondes cèdent enfin.

– Attention ! crie ta tante. Il va tomber !

Le tronc s'écroule avec grand fracas. Coup de chance, son extrémité est tombée juste à côté du rocher. Le garçon profite aussitôt de cette aubaine et vous rejoint en courant sur le tronc. Au lieu de vous témoigner gratitude et reconnaissance, il reste sur ses gardes, recule et se sauve en courant. Quel étrange comportement !

– On dirait qu'il a eu peur de nous, dis-tu.

Ta tante a une explication. En montrant sa carabine destinée à endormir les animaux, elle précise :

– Il nous a pris pour des braconniers à cause de cette arme.

RIEN NE SERT DE POURSUIVRE LE GARÇON, IL A EU ASSEZ PEUR COMME ÇA. VA EN 34.

SI TU PENSES PLUTÔT QU'IL FAUT ÉCLAIRCIR CE MALENTENDU, VA EN 40.

28

C'est sans doute mieux ainsi. Qui sait ce qui vous attendait en vous emparant de ce masque ? Avec soulagement, vous retrouvez l'air libre et la lumière. Vous avez tout de même perdu du temps. Il vous faut plusieurs minutes pour retrouver la piste de la femelle et de ses petits.

Soudain, vous entendez des petits gémissements. De nouveau un gecko ? Vous regardez autour de vous et dans les branches des arbres. Rien.

– C'est un enfant qui pleure ! déclare Lilou.

Impossible de continuer sans lui porter secours. Où peut-il être ? La végétation est épaisse et vous mettez plusieurs minutes à trouver l'enfant en détresse. Il fait partie des gens de la forêt, qui vivent en harmonie avec la nature. Une grosse bosse déforme son front et il a du mal à marcher. Il a un peu peur de vous. Il vous prend peut-être pour des chasseurs ou des trafiquants. Tu parviens à le rassurer : entre enfants, vous vous comprenez. Vous l'aidez à sécher ses larmes. Avec des gestes, il vous explique que son peuple est installé non loin de là. Comme il est encore faible, vous le soutenez pour parcourir les quelques kilomètres qui vous séparent du campement.

Mais quelle va être la réaction des pygmées quand ils vous verront arriver ? Vous reprocheront-ils d'être entrés dans le temple sacré ?

POUR LE SAVOIR ET CONNAÎTRE LA SUITE DE L'AVENTURE, VA EN 37.

29

Sans hésiter, vous vous jetez dans la pirogue. Par bonheur, les rames sont encore dedans et, en quelques secondes, vous vous retrouvez au milieu de la rivière. Vous avez réussi à fuir la compagnie, qui reste sans réaction. Ils ne songent même pas à se servir de leurs arcs. Ils ont plutôt l'air déçus de votre attitude. Et si vous aviez paniqué pour rien ? Vous vous sentez un peu ridicules. La peur a été mauvaise conseillère. Maintenant, ils font de grands gestes et hurlent dans votre direction. On dirait qu'ils veulent vous prévenir de quelque chose. Mais de quoi ?

Vos pieds mouillés vous donnent la réponse.

– La pirogue prend l'eau ! s'écrie ta tante.

Vous essayez d'écoper avec vos mains, mais vos efforts sont vraiment inutiles et l'embarcation s'enfonce rapidement. Il va falloir rejoindre le rivage à la nage, pas d'autre solution.

– Bonne chance, Romain ! dit ta tante. Si tu rencontres un hippopotame, demande-lui un autographe.

C'est bien le moment de plaisanter ! Vous vous jetez à l'eau ensemble et vous nagez le plus rapidement possible. Mais le courant est trop fort et tu t'épuises. Tu parviens à t'accrocher à un tronc d'arbre qui dérive et à grimper dessus comme sur un radeau. Horreur ! Ce n'est pas un tronc mais bien un hippopotame. Tu croises ses petits yeux sombres.

– Je peux avoir un autographe ? demandes-tu.

Pour toute réponse, il se dresse brusquement hors de l'eau et, d'un coup de rein, te catapulte dans les airs. Tu es si léger que tu t'envoles comme une torpille, pour retomber sur la rive. Sans le savoir, cet hippopotame t'a rendu un fier service.

FIN

**Ta tante t'accueille à bras ouverts.
Tu ne sais pas si elle rit ou si elle pleure. Vous êtes sains et saufs, mais trempés et épuisés. Votre mission est vouée à l'échec. Recommence en 1 !**

30

Le gourmand que tu es se régale de ce fruit à la chair délicieuse. Mais cette joie est de courte durée, car bientôt tu te demandes si tu n'aurais pas dû écouter le conseil de ta tante. Tu as très chaud, des torrents de transpiration coulent le long de ton front. Tu grelottes comme si tu avais une grosse fièvre. Ton ventre gargouille, un vrai volcan ! Tu as l'impression que des milliers de fourmis grimpent le long de tes membres. Un énorme champignon flotte dans les airs et tu essaies de l'attraper, comme si c'était un ballon de football, mais, épuisé, tu tombes au sol.

Une forme se penche vers toi et déclare :

– Tu es malade à cause de ce fruit. Je crois que tu délires.

La voix de ta tante est lente et déformée. Lilou ne perd pas de temps et ramasse des herbes et des feuilles qu'elle mélange ensemble.

– Mâche vite cette mixture, t'ordonne-t-elle.

Le mélange est amer et parfaitement dégoûtant, mais il est efficace et, en quelques minutes, tu retrouves tes esprits.

FIN

Tu te sens mieux, mais tu es vraiment trop épuisé pour continuer. Tu as besoin qu'un médecin t'examine. Ta tante pense qu'il serait vraiment déraisonnable de poursuivre cette aventure, et cette fois tu es prêt à suivre son conseil.

31

Tandis que l'homme attaqué par le venin de la vipère du Gabon se tortille de douleur, Lilou déclare :

– J'ai appris beaucoup de choses sur la médecine traditionnelle africaine et je connais de nombreuses plantes qui pourraient sauver votre ami.

L'espoir renaît dans le regard des braconniers.

– Quelles plantes faut-il cueillir ? En échange, nous pouvons vous donner beaucoup d'argent.

– L'argent ne nous intéresse pas, rétorque Lilou.

– Mais alors, qu'est-ce que vous voulez ?

Tu pointes ton doigt en direction des guépards enfermés.

– Eux. Ma tante vous donnera le remède uniquement si vous acceptez de les libérer.

Après un dernier regard vers leur compagnon qui respire de plus en plus mal, le chef des braconniers acquiesce.

– C'est d'accord. Préparez la potion et nous libèrerons les guépards.

– Parfait. Donnez-nous vos armes et les clés de la cage.

Les bandits obéissent. Il vous faut quelques minutes pour cueillir des feuilles, herbes et racines bien précises, les hacher et en extraire un jus verdâtre.

– C'est prêt, déclare Lilou.

L'hélicoptère attendu par les trafiquants se pose justement dans la clairière. Tu ordonnes de charger la cage dans l'appareil et, pendant que les braconniers font boire l'antidote à leur camarade, tu prends place à côté de ta tante. L'appareil décolle lentement.

– Je ne savais pas que tu avais ton brevet de pilote d'hélicoptère, déclares-tu.

– Mon cher Romain, tu as encore beaucoup de choses à découvrir sur ta tante !

FIN

Dans un grand éclat de rire, vous prenez la direction du centre animalier, où la femelle guépard et ses petits seront enfin à l'abri. Une chose est certaine : tu as accompli cette mission avec le plus grand brio.

FÉLICITATIONS !

Tu es un véritable aventurier !

32

Vos premiers pas vous prouvent que vous n'avez pas choisi la solution de facilité. Il faut sans cesse réfléchir où poser votre pied. Tu as très peur de déranger un nid de serpents ou de shooter dans une colonie de mygales. Des moustiques aussi gros que des hélicoptères vous considèrent visiblement comme leur repas. La pente que vous descendez est si raide qu'il faut vous tenir à des lianes pour ne pas tomber. Le pire, ce ne sont pas ces difficultés, mais l'impression de tourner en rond.

– Sors ta boussole, demande ta tante.

– Euh… Je ne t'ai pas dit, je l'ai perdue.

Ta tante est plutôt fâchée et, toi, tu te sens coupable. Tu n'aurais pas dû cacher la vérité. Mais il faut rester solidaires, alors ta tante te dit :

– On a décidé de passer par ce chemin ensemble. On s'en sortira ensemble, même sans boussole.

Vous entendez un vrombissement dans les airs. Un énorme moustique ?

– Non, dit Lilou, un hélicoptère. Il va atterrir quelque part. C'est lui, notre boussole !

Impossible de le voir, à cause de l'épais feuillage qui cache le ciel. Mais son bourdonnement vous indique la direction à suivre. Vous pressez le pas, vous courez le plus vite possible et prenez tous les risques. Peut-être trop, justement, car, d'un seul coup, tu te sens aspiré par une sorte de puits. Ta chute te semble interminable. Heureusement, une couche de feuilles amortit ta réception. Ta tante, qui a suivi le même chemin que toi, est un peu étourdie, mais elle déclare :

– Un piège de chasse traditionnelle. Le gibier, c'est nous, on dirait.

Vous n'êtes pas les seuls locataires de ce piège. De gros serpents luisants sifflent autour de vous. Horreur ! Tu réfléchis à cent à l'heure, ton cerveau est en surchauffe. Tout n'est pas perdu. Des dizaines de lianes jonchent le sol. En les tressant ensemble, vous obtenez rapidement une corde très solide. Il faut simplement ne pas confondre liane et serpent !

Une grosse branche d'arbre attachée au bout servira de grappin.

– Une chance sur cent que ça marche, dis-tu. Mais il faut la tenter.

Tu lances la branche vers l'entrée du trou et, par miracle, elle reste coincée en hauteur. La liane a l'air de tenir.

– Monte en premier, dit ta tante. Tu es plus léger. Laisse ton sac à dos ici, sinon tu seras trop lourd.

Tu parviens à te hisser et à sortir de ce piège. Quelques minutes après, c'est au tour de ta tante de revoir la lumière. Jamais vous n'avez eu aussi peur. Vous êtes totalement épuisés et, sans vos affaires abandonnées au fond du trou, votre mission est fortement compromise.

VOUS COMPRENEZ QUE VOUS AURIEZ DÛ RESTER SUR LE BORD DE LA RIVIÈRE ET VOUS DÉCIDEZ DE REVENIR EN 21.

VOUS DÉCIDEZ DE TENTER LE TOUT POUR LE TOUT ET DE CONTINUER DANS CETTE FORÊT MAUDITE, EN 36.

33

Abandonner la femelle guépard vous déchire le cœur, mais, pour le moment, une seule chose compte : échapper aux braconniers pour prendre votre revanche. Vous foncez à toute allure à travers la végétation, tout droit, au hasard. Rien ne vous arrête, ni les racines qui vous font trébucher, ni les troncs tombés en travers de votre chemin. Vous entendez les voix des braconniers qui sont à votre poursuite. Ils savent que vous allez les dénoncer, ils vont tout faire pour vous rattraper.

Soudain, la rivière vous barre le chemin. Son eau brille sous le soleil ardent. Vous êtes tous les deux bons nageurs, mais le courant est puissant et risquerait de vous emporter, sans parler des mauvaises rencontres que vous pourriez y faire.

– Là-bas ! s'exclame Lilou.

Des gens vous observent sur l'autre rive. Que vous veulent-ils ?

– Si nous les appelions à l'aide ? proposes-tu. Regarde, ils ont une pirogue avec eux.

– Ce sont des gens des forêts, dit ta tante. Et je crois que nous sommes sur leur territoire. Ils n'ont pas l'air contents.

C'est vrai qu'avec leurs arcs et leurs sarbacanes, ils ne semblent pas spécialement amicaux. Que faire ?

LES APPELER À L'AIDE, EN 39 ?

CONTINUER LE LONG DE LA RIVE (ILS SONT CERTAINEMENT EN COLÈRE DE VOUS VOIR SUR LEUR TERRITOIRE), EN 43 ?

34

Vous avez un peu de peine d'avoir tant effrayé ce garçon. Mais, finalement, l'essentiel est d'avoir réussi à le sortir du mauvais pas dans lequel il se trouvait. Malgré tout, cet épisode vous a déconcentré et vous avez du mal à retrouver la piste de la femelle guépard et de ses petits. Aux empreintes des félins se mêlent à présent celles de chaussures.

– Les braconniers ont repéré les guépards, c'est certain, signale ta tante.

Vous vous mettez à courir le plus vite possible. Vous pouvez encore intervenir. Comment ? Vous n'en savez rien. Tant pis, vous improviserez ! Tu fais confiance à ton esprit de décision.

Mais, soudain, vous êtes obligés de piler net, car des individus sortent de la forêt pour vous barrer la route. Parmi eux, tu reconnais le garçon que vous avez sauvé. Ses compagnons, armés d'arcs et de sarbacanes, n'ont pas l'air commodes ni disposés à vous laisser passer. Juste au moment où vous alliez mettre la main sur les braconniers, il y a de quoi enrager !

– Gardons notre sang-froid, conseille Lilou.

Les émissaires armés jusqu'aux dents se dirigent vers vous d'un pas vigoureux. Ils croient certainement que vous avez fait du mal à leur garçon. Vous commencez à vous demander si vous ne devriez pas prendre la fuite. C'est encore possible, la pirogue du garçon s'est justement échouée à quelques mètres de vous.

SI TU DÉCIDES DE SAUTER DANS LA PIROGUE POUR ÉCHAPPER À LA VENGEANCE DE CES GENS, VA EN 29.

SI TU PRÉFÈRES ATTENDRE ET ÉCOUTER CE QUE LES ÉMISSAIRES VEULENT VOUS DIRE, RENDS-TOI EN 44.

35

Dans tes mains, le masque devient immédiatement sombre et grimaçant. C'est bel et bien un objet magique. Et tu viens de déclencher sa malédiction. Le sol se met à se fissurer et vous devez faire des sauts de kangourou pour éviter de tomber dans les crevasses. Vous êtes assaillis par une armée de chauves-souris aux yeux rouges, surgies de nulle part.

– Essayons de retrouver la sortie ! crie Lilou.

Poursuivis par les chauves-souris furieuses, vous foncez en direction de la sortie, tout en évitant une dizaine de javelot projetés dans votre direction par un mystérieux mécanisme. Enfin, voilà l'air libre et la fin du cauchemar.

Si vous avez échappé aux sortilèges du temple, vous devez maintenant faire face à un drôle de comité d'accueil.

– Les pygmées de la forêt, t'explique Lilou.

Ils ne sont pas très contents de constater que vous vous êtes permis d'entrer dans ce temple, qui appartient à l'esprit de leurs ancêtres. Mais ce sont des gens paisibles. Ils n'ont pas l'intention de vous faire du mal, surtout qu'ils ont entendu parler du travail de ta tante et de ses initiatives pour protéger les animaux.

– Et si on leur expliquait la situation ? suggères-tu.

Vous avez beau tenter de vous faire comprendre, les pygmées doivent effacer de votre mémoire votre visite du temple. Vous n'avez d'autre solution que de boire l'élixir qu'ils vous proposent. Vous vous endormez aussitôt et, quand vous vous réveillez, tout près du centre de soin, vous ne vous souvenez plus de rien.

FIN

Vous êtes incapables de répondre aux questions que l'on vous pose, mais vous avez le droit de recommencer la mission, en 1 !
BONNE CHANCE !

36

À bout de force, sans aucune provision et sans matériel, vous taillez votre chemin dans la forêt. Plus aucun signe de l'hélicoptère. Il a dû se poser quelque part dans les environs. Vous remarquez bientôt des herbes couchées et piétinées, comme s'il y avait eu une lutte. Vous apercevez également de toutes petites empreintes. Pas de doute : la femelle a eu ses bébés.

– Les braconniers ont déjà dû capturer les guépards, dit ta tante. L'hélicoptère venait sûrement les chercher.

Mais il n'a pas redécollé, cet hélicoptère, alors rien n'est perdu.

– Tu ne sens pas quelque chose ? demande soudain Lilou.

Oui, ça sent la fumée et la viande grillée. Les braconniers ont sans doute dressé leur bivouac dans les environs.

En effet, quelques minutes plus tard, vous arrivez à la lisière d'une grande clairière. Un feu de camp flambe en son centre. Autour du brasier, trois hommes font griller de la viande en manifestant la plus grande gaieté. Normal, la cage avec les guépards est déjà dans l'appareil. Ils ont réussi. Vous n'êtes pas vraiment de taille contre eux. Mais le spectacle des guépards emprisonnés est tellement désolant ! Quel dommage d'échouer si près du but ! Il y a forcément une solution. Mais où ?

Votre regard est attiré par quelque chose, au-dessus de votre tête. La solution ? Peut-être bien.

POUR LE SAVOIR, FILE EN 41.

37

Vous arrivez au camp des pygmées. Ils étaient très inquiets de la disparition du garçon et vous accueillent comme des sauveurs. Pour vous remercier, ils vous apportent toutes sortes de victuailles. Tu apprécies tout particulièrement les pattes de tarentules grillées.

Certains membres de la tribu ont déjà entendu parler des efforts de ta tante pour protéger les animaux de la région. Ils détestent autant que vous les braconniers, alors, quand ils comprennent que votre mission est de sauver une femelle guépard et ses petits, ils vous proposent leur aide.

Avec ces nouveaux alliés, vous viendrez rapidement à bout de vos ennemis.

Mais il faut faire vite, car vous entendez le bruit d'un hélicoptère au-dessus de vos têtes.

Les pygmées connaissent la forêt mieux que personne. Vous parvenez rapidement aux abords de la clairière où les braconniers ont monté leur camp. Il était temps. L'hélicoptère chargé d'emporter les guépards s'est déjà posé. Les pygmées se dispersent silencieusement autour de la clairière et, au signal de leur chef, jaillissent tous en même temps pour immobiliser les trafiquants. Pétrifiés par la surprise et la peur, les braconniers n'opposent aucune résistance.

– Puisqu'on nous propose un taxi, déclare Lilou en montrant l'hélicoptère, prenons-le.

Décidément, ta tante t'étonnera toujours.

En quelques minutes, les pygmées se chargent de placer la cage dans l'hélicoptère. Il ne vous reste plus qu'à leur dire adieu.

Les braconniers n'en mènent pas large. Les pygmées vont certainement leur faire passer toute envie de revenir braconner sur leurs terres.

FIN

MISSION ACCOMPLIE !

Bravo ! Grâce à ton courage et à tes choix, tu as réussi à sauver la famille de guépards. Tu es un véritable aventurier !

38

Hors de question de vous séparer des guépards, vous n'avez pas affronté tous ces dangers pour les laisser tomber maintenant. Les malfaiteurs surgissent de la végétation et s'emparent de la femelle. La pauvre maman pousse des cris à déchirer le cœur, qui n'émeuvent pas pour autant les braconniers.

Que vont-ils faire de vous ? Pour l'instant, ils vous forcent à revenir au camp et enferment les guépards dans la cage.

Le chef regarde sa montre sans arrêt et guette le ciel. Il est de plus en plus impatient.

– L'hélicoptère sera là dans quelques minutes, annonce-t-il. Et nous pourrons enfin nous envoler.

Vous vous sentez totalement impuissants à lutter contre ces braconniers expérimentés et sans cœur. Ta tante essaie une dernière fois de faire entendre raison à ces pirates de la nature :

– Ces guépards sont parmi les derniers. À cause de gens comme vous, nous vivrons bientôt dans un monde sans animaux sauvages. Vous n'avez pas honte ?

Les efforts de Lilou ne servent strictement à rien. Ces gens-là ne connaissent ni honte ni scrupule. Tu enrages !

Vous croyez que tout est perdu, que votre mission est un échec, lorsque le sol se met à trembler légèrement. Des coups sourds retentissent. Les bandits échangent des regards apeurés. Un tremblement de terre ? Un orage ? Des explosions ?

POUR LE SAVOIR ET CONNAÎTRE LA SUITE DE L'AVENTURE, VA EN 46.

39

Répondant à vos appels, les pygmées traversent la rivière à bord de leur pirogue. Pourvu que vous ne les ayez pas offensés en pénétrant sur leurs terres.

Aussitôt débarqués, ils vous demandent avec des gestes si vous allez bien. Puis ils vous offrent des fruits très sucrés en signe de bienvenue. Ils sont souriants et accueillants. Vous êtes rassurés et soulagés de savoir que les braconniers vont cesser de vous poursuivre.

– Regarde, chuchote Lilou, un guépard est gravé sur leur pirogue.

Et si ces gens pouvaient devenir des alliés ? En dessinant sur le sol, tu réussis à leur expliquer la raison de votre présence sur leurs terres. Ils comprennent parfaitement que vous vous battez contre des braconniers pour sauver une famille de guépards. Justement, ces gens au mode de vie traditionnel admirent ce félin, qu'ils ont choisi comme emblème de leur tribu. Quel flair tu as eu en les appelant à l'aide !

Ils s'éloignent pour discuter entre eux. Que vont-ils décider ?

Le chef revient vers vous. Les mots qu'il va prononcer vont décider de la suite de votre mission.

POUR SAVOIR CE QUE LE CHEF VOUS PROPOSE ET CONNAÎTRE LA FIN DE L'AVENTURE, VA EN 42.

40

Vous avez beau courir le plus vite possible, le jeune garçon est beaucoup plus rapide que vous. Il file comme l'éclair et connaît parfaitement ces bords de rivière. Normal, il est chez lui. Tu grimpes sur un tronc d'arbre couché pour prendre de la hauteur et essayer de repérer le garçon. Mais tu t'aperçois bien vite que ce tronc est en fait un énorme crocodile, qui vous trouve bien malpolis. Décidément, vous ne le rattraperez pas, mieux vaut abandonner cette course-poursuite.

Vous devez avant tout retrouver la piste de la femelle et de ses petits et tenter de la localiser. Si elle vient boire dans les environs, elle tombera peut-être sur le même crocodile que vous. Ses chances de survie seront alors bien faibles.

Avant de reprendre la route, tu t'accordes quelques minutes de repos. Ta tête tourne, tu ne tiens plus sur tes jambes. Ta tante n'est pas en meilleur état.

– C'est la faim, déclare-t-elle. Nous n'avons plus rien à manger. Il faut trouver quelque chose de sucré.

Des buissons, qui poussent non loin de la rivière, proposent des baies qui ressemblent à des cerises. Ta tante les examine.

– Je ne les connais pas, dit-elle. Mais, si on ne mange pas quelque chose tout de suite, on ne pourra pas continuer.

Ces petits fruits sont délicieux et très énergétiques. Vous vous régalez.

Soudain, tu t'exclames :

– Lilou, qu'est-ce qui t'arrive ?

Elle est couverte de boutons bleus.

– La même chose qu'à toi, mon cher neveu. Nous avons commis une erreur en mangeant ces fruits.

Tu as l'impression d'avoir du brouillard dans la tête. Tes pensées s'emmêlent, ta langue est aussi molle qu'une méduse. Tu t'évanouis brusquement.

Quand tu te réveilles, tu vois le garçon de tout à l'heure penché sur toi. Il a averti les siens de votre présence et les gens des forêts sont venus à votre rencontre. Ils vous ont trouvés évanouis et vous ont fait boire un antidote.

FIN

**Vous essayez de vous lever,
mais impossible de tenir debout. Vous allez devoir
rester plusieurs jours allongés.
Votre mission s'achève ici. Et si tu tentais une nouvelle
aventure en 1 ?**

41

Pas de doute, ce sont bien des chimpanzés, qui circulent en équilibre sur les branches des arbres. Certains sont munis de noix de coco. L'un d'eux se dirige comme un funambule vers un énorme cocon blanc, pendu à une grosse branche.

– Un essaim de frelons, dit ta tante. On dirait que le chimpanzé veut le prendre.

Manifestement, ces singes n'acceptent pas qu'on mette en cage la maman guépard et ses petits. Ces hommes armés ne leur sont pas sympathiques du tout.

Le chimpanzé commence par larguer le nid de frelons ; celui-ci éclate à quelques mètres des hommes, qui poussent aussitôt des hurlements. Il faut dire qu'ils sont attaqués par des milliers de frelons plutôt coriaces et colériques. Contre ces redoutables insectes, leurs armes restent sans aucune utilité. C'est ce moment-là que choisissent les autres chimpanzés pour les bombarder avec leurs noix de coco. Sous ce déluge, la seule solution pour les braconniers est la fuite.

FIN

**Les guépards, en sécurité dans l'hélicoptère,
n'attendent plus que vous pour retourner au centre.
Tu adresses un salut amical aux chimpanzés, qui te
semblent si proches et fraternels, ce soir.
Grâce à eux et à ton courage,
ta mission est réussie.
FÉLICITATIONS !**

42

Quel soulagement ! Le chef a l'intention de rassembler ses guerriers pour vous aider dans votre quête, à condition de pouvoir soigner eux-mêmes la femelle guépard.

– Nous acceptons avec plaisir, déclare Lilou. Nous sommes certains qu'elle et ses petits seront très bien traités.

Heureux de cette alliance, le chef dessine deux traits rouges sur chacune de tes joues, signe que tu participes à une bataille importante.

Vous prenez la direction du camp des braconniers. Se croyant invincibles, ils n'ont pris aucune précaution pour dissimuler leur passage et vous retrouvez vite la clairière où ils se sont rassemblés.

Tu admires la façon de se déplacer, souple et silencieuse, de vos nouveaux alliés. Au signal de leur chef, ils portent tous à leur bouche une longue sarbacane et, aussitôt après, une fléchette vient se planter dans la nuque des braconniers, qui s'écroulent immédiatement.

– Ils ne sont pas morts, te rassure Lilou, juste endormis.

Ces criminels vont faire un sacré somme. Vous avez largement le temps de les ligoter solidement contre un arbre. Vos amis se feront un plaisir de les surveiller en attendant la police.

Il vous reste à dire adieu à cette femelle guépard et à ses petits, qui vous ont fait vivre tant d'aventures palpitantes.

FIN

Au moins, vous les quittez avec la joie d'avoir réussi votre mission. Bravo, tu as fait preuve de beaucoup de courage, tu as prouvé que tu étais un véritable aventurier !

43

Vous suivez la rivière d'un bon pas, sans vous retourner. Pourvu que les gens des forêts ne vous poursuivent pas.

– Je crois qu'on ne les intéresse pas tellement, déclare Lilou.

Tant mieux. Maintenant, il faut retrouver la piste des guépards, et rapidement, car le ciel s'assombrit. Bientôt, ce sera la nuit. Le sol près de la rivière est glissant, vos pieds s'enfoncent profondément dans la boue. De curieuses empreintes attirent votre attention. Tu es incapable de les identifier, mais ta tante annonce, sûre d'elle :

– Il y a un rhinocéros dans le coin.

Vous avancez prudemment et l'animal apparaît au détour d'un méandre.

– Les rhinocéros détestent être dérangés sur leur territoire, murmure ta tante.

En effet, sa réaction n'est pas rassurante. Il gratte le sol avec sa patte en vous faisant face et pousse des grognements, bien décidé à vous faire goûter de sa corne.

– Il va charger ! crie ta tante. Cours, Romain, le plus vite possible !

D'accord, mais dans quelle direction ? Sur ce terrain boueux, l'animal va facilement vous rattraper. Alors tu hurles :

– La rivière ! C'est notre dernière chance.

Vous vous jetez à l'eau et, par miracle, vous parvenez à prendre pied sur l'autre rive, sans faire de mauvaises rencontres.

FIN

Cette traversée de la rivière était héroïque !
Mais maintenant la nuit tombe, vous êtes trempés, épuisés, et vous avez tout perdu...
Malheureusement, votre mission s'achève ici.
Retourne en 1 pour tenter une nouvelle aventure !

44

Un émissaire s'arrête devant vous et vous comprenez bien vite que vos craintes n'étaient pas justifiées. Ces gens ne vous veulent aucun mal. Ils ont le visage fermé car ils sont inquiets pour leur chef, qui est atteint d'une grave fièvre. Ils sont là pour vous demander de l'aide.

– Je comprends tout, murmure ta tante. Le garçon n'a pas eu peur de nous : il s'est dit qu'on pouvait les aider et il est allé chercher les siens le plus vite possible.

Vous acceptez de les suivre jusqu'à leur village de huttes, même si cela vous éloigne de votre piste.

Ta tante est immédiatement conduite au chevet du chef. Grâce à ses notions de médecine, elle identifie rapidement la malaria, cette maladie transmise par les moustiques, très répandue en Afrique. Elle garde toujours dans sa poche un tube de comprimés qui permettent d'apaiser les malades qu'elle rencontre au cours de ses voyages. Elle ne peut rien faire de plus pour le moment et déclare aux émissaires :

– Il faudra que votre chef vienne avec nous à notre centre pour continuer à être soigné. Maintenant, nous devons repartir, car notre mission ne peut pas attendre.

Vous n'avez que trop tardé, en effet ! La nuit va tomber, il vous reste à peine une heure pour essayer de libérer les guépards.

Mais les villageois vous barrent le chemin. Ils n'ont pas l'air disposés à vous laisser partir comme ça. Que veulent-ils encore ?

POUR LE SAVOIR ET CONNAÎTRE LA FIN DE L'HISTOIRE, VA EN 45.

45

Ce qu'ils veulent ? Vous proposer une alliance. Rien de ce qui se passe dans la forêt ne leur échappe. Ils ont deviné que vous étiez à la poursuite des braconniers, sur la trace des guépards. Ils ont à cœur de vous prouver leur gratitude en vous apportant leur aide. Vous avez peut-être perdu un peu de temps en venant soigner le chef du village, mais maintenant vous êtes de taille à affronter les braconniers. Avec leurs arcs, leurs javelots et leurs sarbacanes, vos nouveaux amis semblent invincibles.

Ils connaissent la jungle aussi bien que toi ton école. Sous leur conduite, vous arrivez rapidement au camp des trafiquants, rassemblés autour d'un feu.

Non loin de là, la maman guépard et ses petits sont enfermés dans une cage aux solides barreaux. Vous vous déployez en cercle autour de vos ennemis et, bientôt, les guerriers imitent le barrissement de l'éléphant. Cette imitation est tellement parfaite que les braconniers se dressent aussitôt, fusil en main. Ils ne savent plus où donner de la tête ! Ces cris d'éléphants qui résonnent dans la forêt et semblent arriver de partout les remplissent de panique. Alors ils se mettent à courir devant eux, sans faire attention où ils mettent les pieds. Très vite, ils se retrouvent suspendus dans des filets accrochés à des arbres, à plusieurs mètres du sol. Ils ont beau gigoter, c'est la police qui viendra les délivrer.

Vous n'avez plus qu'à remercier ce gentil peuple qui, comme vous, déteste qu'on s'en prenne aux animaux sauvages.

FIN

Grâce à toi, les guépards pourront retrouver leur liberté. C'est avec panache que tu as réussi cette mission !
BRAVO !

46

Un barrissement ainsi que plusieurs formes grises qui apparaissent entre les arbres vous apportent la réponse.

– Les éléphants ! s'exclame Lilou.

Personne ne peut rien contre ces énormes bêtes en colère, pas même les braconniers qui se débarrassent de leurs armes pour courir plus vite.

Les pachydermes écrasent les fusils des braconniers aussi facilement que des brindilles et dévastent le camp comme des boules de bowling qui renversent des quilles. Le chef des éléphants s'approche de vous. Sa trompe se promène autour de vos têtes. Ses petits yeux gris vous regardent fixement. Il pourrait vous renverser d'un seul coup de trompe.

– Regarde son oreille droite, murmure Lilou.

Tu remarques qu'elle est découpée, comme s'il avait été blessé il y a longtemps.

– Je le reconnais, reprend ta tante. Il y a quelques années, j'ai recueilli un éléphanteau. Un lion l'avait blessé à l'oreille.

Les éléphants ont vraiment bonne mémoire, ce n'est pas une légende. Il a reconnu ta tante. Il pousse un long barrissement et écrase sa lourde patte sur la cage, qui s'ouvre immédiatement et libère la maman guépard et ses petits. Épuisés et apeurés, les félins ne songent même pas à s'échapper. Ils ont compris que vous étiez là pour les sauver.

Il ne vous reste plus qu'à les ramener au camp sur le dos du chef des éléphants, votre nouvel ami.

FIN

MISSION ACCOMPLIE !
Non seulement tu as sauvé la femelle guépard et ses petits avec brio, mais tu as aussi prouvé que tu étais un véritable aventurier, prêt à prendre tous les risques pour secourir un animal en danger ! Bravo !

PAPIER À BASE DE
FIBRES CERTIFIÉES

hachette s'engage pour
l'environnement en réduisant
l'empreinte carbone de ses livres.
Celle de cet exemplaire est de :
800 g éq. CO_2
Rendez-vous sur
www.hachette-durable.fr

Photogravure Nord Compo - Villeneuve-d'Ascq

Imprimé en Espagne par Graficas Estella
Dépôt légal : avril 2021
Achevé d'imprimer : mars 2021
30.4718.8/01 – ISBN 978-2-01-713256-1
Loi n° 49956 du 16 juillet 1949
sur les publications destinées à la jeunesse